AF235577

Durch einen Zufall habe ich die Freude am Schreiben entdeckt. Somit hatte ich ein Medium für meine Ideen gefunden und konnte mich kreativ ausleben. Das Buch ist eine Sammlung von verschiedenen Erzählungen und Kurzgeschichten, die ich von 2019 bis 2020 geschrieben habe. Wer mich kennt, ist vermutlich von der ernsten Thematik überrascht, aber ich hoffe, die Geschichten bereiten dem Leser die gleiche Freude, die ich beim Schreiben hatte.

Robin Maurice Arnet

Diese & Dase

Eine Sammlung

Bibliografische Information der Deutschen Nationalbibliothek:
Die Deutsche Nationalbibliothek verzeichnet diese Publikation in
der Deutschen Nationalbibliografie; detaillierte bibliografische
Daten sind im Internet über http://dnb.dnb.de abrufbar.

Herstellung und Verlag: BoD – Books on Demand, Norderstedt
ISBN: 9783752622027

INHALTSVERZEICHNIS

Fasching

Hier sitz ich nun. Mein Kater sticht mir in meinem Kopf und durch die lange Nacht bin ich noch im Halbschlaf. Der Suff von gestern ist mir deutlich ins Gesicht geschrieben. Augenringe bis zum Kiefer und eine Fahne, dass es knallt. Warum ich überhaupt hier bin? Weil mein Kumpel ein viel zu großer Schwätzer ist. Eigentlich wollte ich schön bis zum Nachmittag meinen Rausch ausschlafen und danach dann wieder los, aber seinem Gerede kann man Nichts entgegensetzen. Jetzt hock ich um halb zehn im Schützenhaus mit einem vollen Weizen vor mir, umgeben von spießigen Eltern und viel zu lauten Kindern. Neben mir wird ein halbes Hähnchen mit bloßer Hand zerstückelt und sich in die Fresse gestopft. In meinem Inneren bahnt sich ein saurer Strudel langsam seinen Weg in der Speiseröhre hoch. Mit einem kräftigen Schluck verweise ich ihn in seine Schranken. Kam das von dem Anblick oder von letzter Nacht? Vermutlich von beidem. Was soll's. Trostlos schaue ich in mein kaum angerührtes Weizen, während mir ein einfältiger Beat mit noch einfältigerem Gesang in die Ohren hämmert.

Warum bin ich hier?

Warum bin ich nicht im Bett geblieben?

Ich schaue meinen Kumpel an, der gut gelaunt mit irgendeinem Typ quatscht. War ja klar. Er kennt hier alle, ich niemand. Er ist von Freunden umgeben, ich von Fremden umzingelt. Er genießt den Exzess in vollen Zügen, ich werde von einer Melancholie umfasst. Ich kotze innerlich über den widerlichsten aller Feiertage ab bzw. wohl eher Feierwoche. Eine Woche, in der die größten Spießer einmal ihre verrückte Seite zeigen und sich in einem Kostüm präsentieren. Eine Woche mit im Vollsuff geführten, nichtssagenden Gesprächen, die man zum Glück sofort wieder vergisst. Eine Woche, in der ein ganzes Volk, das für seine Humorlosigkeit bekannt ist, vorspielt, wie verrückt es ist.

Ein erneuter kräftiger Schluck bewahrt mich davor, dass ich mein nicht vorhandenes Frühstück auf den Tisch kotze. Doch irgendetwas verändert sich in mir. Ich starre auf mein vollständig leer getrunkenes Weizen. Mir ist gar nicht aufgefallen, dass ich während meiner Tagträumerei die ganze Zeit getrunken habe. Mein Fuß fängt an, passend im Takt zu wippen, dabei summe ich die banalste Melodie vor mich hin.

„Willsch au noh was?" Schlagartig werde ich aus meinen Gedanken gerissen und schau in Richtung meines Kumpels, der mich fragend anstarrt. Mein Gesicht verformt sich zu einem saftigen Grinsen und ein lautes Grölen kommt aus mir raus.

„A SCHÖNS HEFFE AN MIH NAH!" Lachend schlägt mein Kumpel mit mir ein.

Ach, so schlecht ist es hier gar nicht, man darf halt nur nicht nüchtern sein.

Burn-out

Ich blicke in die Dunkelheit meines Zimmers. Mein Handy wird in einer Minute anfangen zu vibrieren und mir dadurch den Befehl geben aufzustehen. Es wird mir den Befehl geben zu funktionieren. Funktionieren ohne Fehler. Seit einer halben Stunde bin ich schon wach und starre auf die schwarze Decke in meinem Zimmer. Die halbe Stunde mehr Schlaf hätte mir bestimmt gutgetan, denn die Erschöpfung von letzter Nacht wohnt immer noch in mir, aber zu verschlafen kann ich mir nicht leisten. Aus diesem Grund hat es sich mein Körper automatisch so programmiert, dass er eine halbe Stunde früher als benötigt bereitsteht. Das Rattern meines Handys gibt mir das Startsignal. Meine morgendliche Routine von Kaffee trinken, einer halben Stunde auf dem Laufband schwitzen, E-Mails checken und mich schick machen läuft wie bei einer durchgetakteten Maschine ab. Mein Körper arbeitet für sich, während mein Kopf auf Durchzug gestellt ist. Zu schlaff fühle ich mich, um dabei mitzudenken. Meine täglichen Kopfschmerzen sind noch in einem akzeptablen Rahmen, aber zur Sicherheit nehme ich die erste Schmerztablette.

Auf der Arbeit angekommen, muss ich erst mal einen Berg von E-Mails abarbeiten. Durch das Starren auf den grellen Bildschirm werden meine Kopfschmerzen nur stärker. Sie haben das unakzeptable Level erreicht, wodurch meine Konzentration schwindet. Meine Fehler häufen sich und ich brauche mehrere Anläufe, um komplexere Sätze zu lesen. Mit Kaffee und einer weiteren Tablette versuch ich den Schmerzen entgegenzuwirken, was nur schwer gelingt.

Alle meine Kollegen sind in die Mittagspause gegangen. Obwohl mein Magen nach einer Mahlzeit schreit und mein Rücken sich nach einem Spaziergang sehnt, verharre ich in meinem unbequemen Stuhl und hacke weiter auf die Tastatur ein. Bei der Menge an Arbeit kann ich mir eine Pause nicht leisten.

„Das ist noch reingekommen." Mein Chef wirft mir einen Stapel von Blättern auf den Tisch, während er sich die letzten Brotkrümel von dem Mundwinkel wischt. „Die müssen bis morgen ausgefüllt und verschickt werden."

Mein Blick huscht über die verschiedenen Formulare. Formulare, von denen ich keine Ahnung habe, was sie bedeuten und an wen sie verschickt werden sollen. „Könnte das niemand anderes machen? Ich habe gerade selbst viel zu tun."

„Seien Sie nicht so asozial! Jeder von uns hat Arbeit vor sich, da müssen wir als Team zusammenhalten." Seine Worte hallen noch in meinem Kopf, als er schon unterwegs in Richtung Raucherbereich ist.

Probleme lösen, das kann ich. Jedes Formular wird durchgelesen. Jeder Kunde wird angerufen, um bestimmte Daten zu erfragen. Wie ein Bagger wühle ich mich durch den Berg an Formularen. Kaffee mein Antrieb. Die Erschöpfung mein Feind. Sie wächst und wächst in mir, aber ich darf nicht aufhören! Ich darf keine Pause machen! Ich darf nicht versagen! In meinem Kopf stechen unerträgliche Schmerzen, mein Körper will aufgeben, sich der Erschöpfung hingeben, doch das wird nicht geschehen.

„Ich habe noch ein bisschen Arbeit für Sie." Die Stimme meines Chefs reißt mich aus meiner Trance der Überarbeitung. Mit einem saftigen Schwung schlägt er mir noch einmal die gleiche Menge an Formularen auf den Tisch.

„Die müssen auch bis morgen noch fertig sein!"

„Entschuldigung, aber das schaffe ich nicht mehr. Ich fühle mich heute ein bisschen schlapp." Ein bisschen ist gelogen. Ich bin kurz vor dem Zerfall.

„Ach, stellen Sie sich nicht so an! Ich würde es selbst machen, aber ich habe noch einen persönlichen Termin und muss deshalb früher gehen."

In mir die Erschöpfung unerträglich. In meinem Kopf herrscht ein Chaos wie noch nie zu vor. Die Gedanken in mir überschlagen sich. Wie soll ich das alles schaffen? Mein Körper schreit nach Hilfe und ich gebe nach.

Ein periodisches Piepen weckt mich aus meinem ungewollten Schlaf. Ich bin von einem angsteinflößenden Krankenhausweiß umgeben. Wie lang war ich weg? Welcher Tag ist es? Was ist genau passiert? Doch diese Fragen verschwinden schnell wieder und machen Platz für ein fast vergessenes Gefühl. Ein Gefühl der Ruhe und Gelassenheit. Es war mir seit Längerem nicht bewusst, dass dieses Gefühl überhaupt existiert. Man fühlt sich frei und nicht eingeengt. Ein sehr schönes Gefühl. Es verweilt aber nur für kurze Zeit in mir, denn als ich die Nachricht von meinem Chef lese, verschwindet es schlagartig.

Passen Sie auf Ihre Gesundheit auf! Sie sind mir menschlich zwar völlig egal, aber Sie machen einen guten Umsatz.

Die Rettung

Weite. Eine schwarze Weite, die niemals endet. Eine bedrohliche, schöne Weite, mit kleinen Punkten. Punkte, die in so großer Entfernung liegen, dass man nicht merkt, was für gewaltige Kräfte in ihnen schlummern. In diesem schwarzen Meer der Weite schwebt eine kleine silberne Kapsel umher. Von Innen kann man nicht feststellen, ob die Kapsel stillsteht, oder ob sie mit Tausenden Stundenkilometern durch das Nichts rast. Es handelt sich um eine Rettungskapsel, in der ein einziger Mann sitzt. Der Großteil der Ausstattung ist, wie zum Beispiel die Steuerungseinheit, defekt und so bleibt dem Mann nichts anderes übrig, als auf Rettung zu warten.

Der Mann drückt auf einen roten Knopf und spricht mit lauter Stimme: „Bordcomputer, irgendeine Reaktion auf unser Notsignal?"

„Negativ, keine Antwort", schallt eine metallisch wirkende Stimme durch die kleine Kapsel. Seit dem Ausfall des Antriebs wird aus der Rettungskapsel ein Notsignal gefunkt, doch die Wahrscheinlichkeit, dass dies empfangen wird, liegt praktisch bei null. Dem Mann bleibt keine andere Wahl als im Nichts zu stehen. Da die interne Uhr der Kapsel kaputt ist, kann man nicht erahnen, wie lang diese schon im Nichts steht. Sind es ein paar Tage, ein paar Wochen, ein paar Monate oder schon mehrere Jahre. Die Zeit verschwimmt zu einem nicht endenden, schwarzen Strom aus Eintönigkeit.

„Es wird ein Signal empfangen!" Die metallische Stimme hallt von den Wänden in dem kleinen Raum. Der Mann schreckt von seinem Sitz auf.

„Was für ein Signal?" Der Mann überhaspelt sich beim Reden.

„Das Signal muss zuerst entschlüsselt werden." In der Kapsel herrscht für mehrere Sekunden die dem Mann zu gut bekannte, bedrückende Stille.

„Es ist die Nachricht von einem Suchtrupp. Sie sagen, sie sind auf der Suche nach Ihnen."

Dem Mann huscht ein Lächeln über das Gesicht.

„Der Suchtrupp hat die umliegenden Bereiche für Ewigkeiten durchkämmt, bis eines der Schiffe das Signal empfangen hat. Dem Suchtrupp gehören auch Ihre Frau und Ihr So…" Die Stimme bricht ab und geht über in ein Wimmern, bevor es in einem Geheule endet. Ein Geheule eines Mannes, der nicht mehr die Kraft hat, Selbstgespräche zu führen, während er den kaputten Bordcomputer imitiert.

Die Kapsel steht weiter im Nichts mit einem Mann, der nicht mehr auf seine Rettung wartet, sondern begonnen hat, auf seinen Tod zu warten.

Veränderung

Alle sind auf der Straße und bilden eine große Menschenmasse, die nicht ignoriert werden kann. Eine Emotion des Wandels liegt in der Luft. All die fremden Menschen sind gemeinsam mit demselben Ziel unterwegs. Es muss sich was ändern! Die Leute haben es satt, in einem Land zu leben, in dem solche veralteten Denkweisen existieren. Und durch die Anzahl der Menschen merkt man, dass viele eine Änderung haben wollen. Allein dadurch wird ein Handeln der Gesellschaft aufgezwungen.

Aber es liegt nicht nur Wandel in der Luft, sondern auch Wut. Wut über den Staat. Wut über die öffentlichen Institutionen. Wut über die Politik, die den Wandel nicht vorantreibt. Wut darüber, dass man aus der grausamen Geschichte wieder nichts gelernt hat. Diese geballte Wut muss sich entladen.

Aus Angst, wieder kein Gehör zu finden, werden die Slogans lauthals geschrien.

Aus Frust, das Land hätte seine eigene Geschichte vergessen, werden Statuen beschmiert.

Aus Wut auf die Willkür der Behörden, werden Flaschen und Steine geworfen.

Aus Hass auf die gesamte Situation werden Fenster eingeworfen.

Doch es werden Läden geplündert nicht aus einem politischen Motiv, sondern aus Gier.

Es werden Leben zerstört durch den Egoismus Einzelner, die in einer gesetzlosen Masse agieren.

Und so verrennt sich das Gefühl der Veränderung in nichtssagender Randale.

Eigentlich nicht

Schon witzig, dass die Polizei immer vor dem Krankenwagen an einem Unfall ankommt. Als ob es wichtiger ist, wer an allem schuld ist und nicht, wem alles geholfen werden muss. Aber es gibt glaube ich andere Dinge, über die ich mir den Kopf zerbrechen sollte.

Eigentlich mache ich so was nicht. Normalerweise trinke ich nur ein oder zwei Bier nach dem Spiel und fahre dann heim. Aber nach so einem Derbysieg kann man ja ausnahmsweise ein bisschen mehr trinken. Ich meine, auswärts so zu gewinnen, das hat man sich schon verdient.

Eigentlich fahre ich auch nicht, wenn ich etwas getrunken hab. Normalerweise lasse ich mich holen und fahre mein Auto am nächsten Tag heim. Aber heute waren alle schon hier am Trinken, da konnte keiner mehr fahren. Und die kurze Strecke ist ja nichts Weltbewegendes.

Eigentlich fahre ich nicht schnell. Normalerweise fahre ich immer ordentlich und halte mich an die Verkehrsregeln. Aber vorhin ist so ein langsamer Traktor vor mir gefahren. Da musste ich einfach kurz schnell beschleunigen, dass ich vorbeikomme.

Eigentlich bin ich ein guter Fahrer. Normalweise kann ich jede Kurve einschätzen. Aber in die eine Kurve bin ich einfach zu schnell rein. Das kann den Besten passieren.

Eigentlich wäre ich jetzt schon längst zu Hause. Normalerweise würde ich mich langsam für das Bett richten, um am nächsten Tag nicht zu müde zu sein. Aber jetzt lieg ich hier auf der Straße und mein Kopf tropft auf den Asphalt. Ich sehe die blauen Sirenen, die schnell auf mich zukommen, bevor ich langsam das Bewusstsein verliere.

Die Diskussion

„Es muss etwas getan werden! Man darf die Warnungen nicht mehr ignorieren! Wenn jetzt nichts geändert wird, ist es zu spät!"

„Schritt für Schritt wird das Problem angegangen. So ein wichtiges Thema kann man nicht im Vorbeigehen lösen, wir müssen mit Bedacht vorgehen. Ein unüberlegtes Handeln führt nur zu Aktionismus."

„Man ist an einem Punkt angekommen, an dem sofort gehandelt werden muss! Bei einem verspäteten Handeln kann die Katastrophe nicht mehr aufgehalten werden!"

Oh hallo! Sie denken sich bestimmt: „Wo bin ich den hier reingeraten?" Lassen Sie es mich kurz erklären. Sie befinden sich gerader bei einer TV-Debatte zum Thema „Klimawandel". *Wow, das Thema ist so brisant, davon kann ich nie genug bekommen.* Das kann ich verstehen, mir hängt das Thema langsam auch zum Hals raus, aber ich stelle Ihnen trotzdem einmal die Akteure vor. Da haben wir Dr. Staatsmann in einem feinen, dunkelblauen Anzug mit roter Krawatte. Mit seinen über 60 Jahren war er schon Minister von so gut wie allem. Vor Kurzem ist er neuer Umweltminister geworden. Seine Qualifikation besteht aus derselben Parteizugehörigkeit wie die der Kanzlerin. Da kann kein studierter Ökologe, der sein ganzes Leben der Forschung von Umwelt und Klima gewidmet hat, mithalten. Ah, eine winzige Kleinigkeit habe ich vergessen. Dr. Staatsmann ist Vorstandsrat in mehreren Energie-Unternehmen und diese bezahlen ihm sehr gutes Geld, dass er nicht in einen Interessenkonflikt kommt und aus Versehen zum Wohle der Bevölkerung handelt.

Im sachlichen Disput mit Dr. Staatsmann steht ein für sein Alter sehr engagierter junger Mann, Fynn Fluencer. In seinem Gesicht ist neben sehr vielen Pickeln auch sehr viel Unerfahrenheit zu sehen. Da er sein 18tes Lebensjahr noch nicht erreicht hat, ist jede politische Äußerung auf das Pubertieren zurückzuführen und deshalb ohne stichhaltigen Beleg. Fynn Fluencer trägt ein schwarzes Sweatshirt mit einer Aufschrift über illegale Menschen oder so etwas Ähnlichem und einer engen, hochgekrempelten Jeans. Seine Schuhe schreien förmlich nach einer sozialen Revolution und der Abschaffung des Kapitalismus, da dadurch die Reichen immer reicher werden und die Armen nur stärker ausgebeutet werden. Für den Normalo gibt es nur noch das Streben nach mehr Luxus, was ihn unglücklicher macht, da man seinen eigenen Wert nur nach den Gütern definiert, welche man noch nicht besitzt. Es sind schwarze, original Vintage Canvas Chucks 70 High Top. Jetzt online bestellen für nur 90 EUR. Fynn Fluencer ist gerade kurz vor dem Abi und wird anschließend „Gender and Diversity" studieren.

Die Diskussion wird vor einem Publikum aufgenommen, in dem Menschen aus unterschiedlichen Altersgruppen und sozialen Schichten kommen. Eine Mischung, die nur im Fernsehpublikum zustande kommt und sonst nirgends. Der Moderator hat sich, nachdem die beiden Debattierer vorgestellt wurden, hinter die Bühne verkrochen, da es die sechste Diskussion über Klimawandel hintereinander ist und er keinen Nerv mehr für einen solchen Disput übrighat.

„Es gibt nur einen Weg, wie der Weltuntergang verhindert werden kann! Die Politik muss aus der Kohle-Industrie aussteigen! Jährlich verbrennt der deutsche Staat Unmengen an Kohle und belastet die Umwelt auf enorme Weise. Und das alles nur für ein bisschen Strom", haspelt es hysterisch aus Fynn Fluencer heraus. Die jungen Leute im Publikum sehen das Gesicht ihres Vertreters im Handy über einen Livestream und drücken emotionslos auf den „Like-Button".

„Die Politik sollte der letzte Aktionär in Sachen Klimawandeln sein", spricht Dr. Staatsmann mit einer Ruhe, die nur ein Politiker ausstrahlen kann. Eine Ruhe, die aussagt: „Uns steht das Wasser bis zum Halse, aber eigentlich ist das nur eine Pfütze." „Als Erstes muss die Bevölkerung in Kraft treten! Wer nutzt den ganzen bösen Kohle-Strom? Sind das die ganzen hart arbeitenden Eltern, die Tag für Tag zur Arbeit fahren und unsere Industrie am Laufen halten, oder sind es die ganzen faulen Minderjährigen? Die Minderjährigen, die nur vor ihren Handys und Konsolen sitzen. Die Minderjährigen, die noch nicht einen Cent für die Allgemeinheit verdient haben und jetzt die Verantwortung für den Klimawandel auf die Erwachsenen schieben wollen, anstatt uns auch nur einen Schritt entgegenzukommen. Wie z.B. mit dem Fahrrad zur Schule zu fahren und sich nicht ganz bequem mit dem Bus vor der Haustür abholen zu lassen."

Ein Teil, der ältere Teil des Publikums, ist langsam aus seinem Mittagsschlaf erwacht und hängt voller Begeisterung an den Lippen des Sprechers. Sie müssen nur noch ihr Hörgerät einstellen, um auch zu verstehen, was für Wörter diese Lippen von sich geben.

„Ihr alten Politiker gehört also dann nicht zur Gesellschaft?", zickt Fynn Fluencer zurück. „Ihr alten Politiker, die in ihren SUVs von Stadt zu Stadt gefahren werden, währenddessen am Laptop chillen und dafür noch Geld vom Steuerzahler einsacken. Ihr alten Säcke, die ihr in den letzten hundert Jahren unsere Mutter Erde richtig gefickt habt und es euch jetzt nicht mehr interessiert, weil ihr in nächster Zeit sowieso sterbt?" Währenddessen kommt der Chat im Livestream in Schwung. Er wird überflutet von Beleidigungen, gerichtet an Dr. Staatsmann, sowie von Memes über den Buchstaben E. Die Stimmung des Publikums verändert sich jedoch nicht merklich. Die ältere Hälfte ist von der schrillen, noch nicht die Pubertät verlassenen Stimme genervt und die jüngere Hälfte richtet ihren Blick konstant auf den grell leuchtenden Bildschirm in ihrer Hand.

„Ich verstehe nicht, wie eure junge Generation so hassbesessen ist", jammert der sichtlich gefrustete, ältere, wohlerzogene Umweltminister. „Zu meiner Zeit wäre ich froh gewesen, dass ich einmal einen Sonntag verbracht hätte, ohne Arbeiten zu gehen. Ihr schätzt überhaupt nicht, in was für eine wunderbare Welt ihr hineingeboren seid. Es gibt keinen Krieg! Es gibt keine Finanzkrise! Ihr lebt in einem noch nie dagewesenen Luxus und seid immer noch nicht zufrieden! Was wollt ihr denn noch alles?!" Man hört aus dem Publikum kratzige, von Rauch zerfressene Stimmen:

„Recht hat er!" „Die Gören sollen mal auf den Boden der Realität zurückkommen!" Ein klassisches Argument, welches seit Jahrzehnten an Kraft nicht nachgelassen hat, da sich der Lebensstandard kontinuierlich verbessert hat.

„Wir sind in eine Welt reingeboren worden, in der der Leistungsdruck schon im Kindergarten anfängt. Eine Welt, in der in vielen Ländern die Demokratie immer noch mit Füßen getreten wird. Schauen Sie sich doch nur als Beispiel Hongkong an. Die Bevölkerung wird unter extremen Bedingungen von China unterdrückt und niemand unternimmt etwas dagegen!"

„Aber China ist ein Thema für sich. Dort werden nicht moralische Gedanken verletzt. Die größte Wirtschaftsmacht erzielt ihren Erfolg nur, weil sie eigene Umweltschutz-Richtlinien hat."

„Warum wird nichts dagegen gemacht?", fragt Fynn Fluencer sichtlich verzweifelt.

Dr. Staatsmann hält einen Moment inne und überdenkt die Situation kurz. „Das stimmt. Wir müssen etwas gegen China unternehmen! Das kann so nicht weitergehen", er legt eine kleine Pause ein, um die richtigen Worte zu finde, „wie China mit unserem Planeten umgeht!" Der ältere Teil des Publikums ist schon außer sich und hetzt mit Anti-China-Parolen, während der jüngere Anteil meinungslos in den Bildschirm schaut.

„Endlich traut sich mal ein Politiker etwas", stimmt Fynn Fluencer mit einem Grinsen zu. Der Livestream schlägt eine andere politische Richtung ein und wird mit bösartigen Winnie-Puuh-Bildern gefüllt.

Der Moderator, der gerade von seinem Powernap erwacht ist und somit die ganze Diskussion verschlafen hat, schlendert ausgeruht mit einem vielleicht zu breit aufgesetzten Grinsen vor die Kamera und liest vom Teleprompter vor sich ab: „Da haben Sie es, liebe Zuschauer. Durch diese sehr sachlich geführte Diskussion wurde der Streit zwischen den Generationen endlich beendet. Also vergessen Sie nicht, bevor man selbst etwas ändern muss, kann man immer noch die Schuld auf viel schlimmere Leute schieben."

███████████ **Zensur**

Die Zensur ██████████████████████
████████████████ ist ein wichtiger Bestandteil ██
█████████████████████████████████████
███ unseres modernen ████████████ Denkens ██████
██.

Durch die Zensur ██████████████████████
████████████ kann ████████████████████
█████████████████████████████████████
█████████████████████████████████████

Staat ████████████████████████████ die Bevölkerung
█████████████████████████████████████
█████████████████████████████████████
███████████████ vor ████████████████████
████████████████████ manipulierten ██████████
█████████████████████████████████████
████████████ Informationen ████████████████
███████████████████████ schützen.

Die █████████████████████ Zensur verhindert ████
█████████████████████████████████████
██████ zudem ████████████████████████
█████████████████████████████████████
███████████████ eine ███████████████████
fehlerhafte██████████████████████████████
██████████ Meinungsbildung █████████.

24

Die Gefahren der Zensur

Die Zensur ist ein Mittel zur Beschneidung der Meinungsfreiheit. Hierbei ist ein wichtiger Bestandteil die Überwachung der Medien. In einigen Ländern wird sie trotz unseres modernen demokratischen Denkens praktiziert.

Durch die Zensur kommt es zur Eindämmung von Ansichten. Hierbei kann der Einzelne nicht umfassend viele Blickwinkel eines Themas betrachten. Ein Thema kann nur noch aus einer Perspektive betrachtet werden, die vom Staat vorgegeben wird. Hierbei entwickelt die Bevölkerung eine gleichmäßige Sicht und schließt alle Andersdenkenden aus. Der Ausschluss aus der Gemeinde ist genauso schlimm für den Einzelnen, wie vor ein Gericht gestellt zu werden. In solchen Prozessen werden mit manipulierten Beweisen Angeklagte mundtot gemacht. Bei der Zensur ist das Eindämmen von Informationen die Grundlage, um die fanatischen Ideologien des Staates zu schützen.

Die Einschränkung durch die Zensur verhindert dabei nicht nur das Verbreiten anderer Gedanken, sondern unterdrückt zudem die Kritiken an der Position der vorherrschenden Kraft. Dabei begeben sich die Menschen in Gefahr, wenn sie eine abweichende, also vom Staat als „fehlerhafte" politische Anschauung verbreiten. Folglich wird die freie Meinungsbildung unterdrückt.

Damals

Ich kann mich noch an eine Zeit erinnern, in der ich alles an dir geliebt habe. In der dein wohlriechender Duft der schönste auf der Welt war. Dein Lachen, das ein wenig dem Quieken eines Ferkels ähnelt, der angenehmste Klang in meinen Ohren war. An eine Zeit, in der deine neckische Art eine erfreuliche Herausforderung war. In der ich deine direkte Art geschätzt habe und dir jede Stimmungsschwankung von deinen Gesichtszügen ablesen konnte. In dieser Zeit mussten wir keine tollen Ausflüge machen, sondern es reichte aus, wenn wir den ganzen Tag zusammen auf dem Sofa verbrachten.

Doch heutzutage ist es nicht so einfach. Es fühlt sich nicht wie damals nach einem leichten Flug an, sondern nach mühevoller Arbeit. Wenn ich nur deinen mit Parfüm überladenden Gestank wahrnehme, bekomme ich schon Kopfschmerzen. Bei deinem grunzenden Gelächter zuckt mein ganzer Körper zusammen und ich hätte gerne einen Tag, an dem du mich nicht wegen jeder Kleinigkeit fertigmachst. Wenn ich dir heute in dein Gesicht schaue, kann ich keine einzige Emotion wahrnehmen. Ich wünschte, dass ich nur einen Tag hätte, an dem ich dich nicht sehen müsste.

Ich vermisse dich von damals.

Masken

Das laute Schrillen seines Handyweckers schreckt ihn aus dem Schlaf. Ruckartig geht ein Zucken durch seinen kompletten Körper und er starrt für einen kurzen Moment mit weit aufgerissenen Augen in die Dunkelheit seines Schlafzimmers. Das schnelle Pochen seines Herzens hämmert ihm durch den Kopf und klopft die Ängste seines Albtraums in seine Erinnerung. Die einzige Lichtquelle schrillt und vibriert neben ihm auf dem Nachttisch. Mit der einen Hand wischt er über den Bildschirm, um dem Weck-Lärm ein Ende zu setzen. Mit der anderen Hand wischt er sich die Verschlafenheit aus dem Gesicht. Er beugt sich vor und setzt sich auf die Bettkante.

Warum jetzt aufstehen? Warum nicht einfach liegen bleiben? Warum jemals wieder aufstehen?

Er gibt sich einen Ruck und trabt verschlafen in sein Badezimmer. Dort zieht er seinen Schlafanzug aus, wirft ihn in einen Wäschekorb und stellt sich unter die Dusche. Das warme Wasser prasselt auf seinen Nacken und drückt ihm seine Haare ins Gesicht. In seinem Traum fällt er immer wieder in die Tiefe. Im Fallen fühlt er sich gelähmt und machtlos. Wehrlos wird er tiefer und tiefer ins dunkle Nichts gezogen. In der dampfigen Dusche versucht er seinen Albtraum zu verdrängen. Versucht, die immer noch anhaltende Angst zu vergessen und sich einfach nur der wärmenden Umarmung der Dusche hinzugeben.

Nichts denken. Nichts fühlen. Für immer duschen und alles vergessen.

Er zwingt sich, den Wasserhahn zuzudrehen, und verlässt die Dusche. Mit einem Handtuch wuschelt er zuerst durch seine Haare, dann über den restlichen Körper. Dabei fällt ihm auf, wie dünn er geworden ist. Mit seinem Zeigefinger fährt er über seine deutlich sichtbaren Rippen. Seine dürren Beine tragen ihn vor seinen Kleiderschrank. Lustlos entscheidet er sich für einen der Anzüge und zieht einen älteren, einfarbig grauen an. Es wirkt so, als wäre er geschrumpft, denn all seine Anzüge sind ihm ein wenig zu groß. Er holt aus dem Schrank zwei Masken mit der Aufschrift „Arbeit" und „Freizeit" und steckt diese in eine Umhängetasche. Aus seinem Kühlschrank holt er einen weichen Apfel, das einzige Lebensmittel darin, und steckt auch diesen in seine Tasche, bevor er aus seiner Wohnungstür tritt.

Seine Wohnung liegt im obersten Stock eines grauen Wohnkomplexes, deshalb nimmt er wie jeden Tag den Aufzug nach unten. Unten angekommen, läuft er zwei Blocks bis zu seiner U-Bahn-Station. Die Stadt um ihn herum ist längst erwacht. Autos rauschen an ihm vorbei und schlagen ihm kalte Luft ins Gesicht. Die Straßenlaternen beleuchten den Gehweg mit dreckigem gelben Licht. Die Sonne wird erst in ein paar Minuten die Stadt mit Wärme bestrahlen. Mit der U-Bahn fährt er zehn Stationen, bevor er aussteigt. Von dort an läuft er fünf Minuten und erreicht seine Arbeitsstelle. Er greift in seine Tasche und holt die Maske mit der Aufschrift „Arbeit" heraus. Die Mimik der Maske ist seriös mit einem kleinen Schmunzeln auf den Lippen. Sie spiegelt ein hilfsbereites, hellblaues Gesicht wider, das immer eine witzige Bemerkung parat hat. Für einen kurzen Moment dreht er sich um und erquickt sich an den ersten Sonnenstrahlen, die die Stadt erleuchten.

Bringen wir es hinter uns! Der Tag wird nicht ewig dauern.

Er zieht sich die Maske vors Gesicht. Sie ist zu eng und schnürt ihm die Kehle zu. Er öffnet die Tür und stempelt ein.

Den ganzen Tag spürt er die Maske auf seiner Haut. Konstant drückt sie sein Gesicht zusammen und im Laufe des Tages bekommt er enorme Kopfschmerzen. Die Maske ist wie eine nicht sichtbare Last. In Gesprächen mit Kollegen korrigiert er leicht ihre Position, sodass niemand sein wahres Gesicht sehen kann. Die Maske nimmt er aber unter keinen Umständen ab, nicht einmal in der Mittagspause, oder wenn er allein auf der Toilette ist. Jeder seiner Kollegen kennt nur dieses Antlitz. Als er Feierabend hat, ist die Sonne schon wieder untergegangen.

Auf dem Weg zur U-Bahn-Station nimmt er vorsichtig die Maske ab und steckt sie behutsam in seine Umhängetasche.

Endlich geschafft.

Eine Zeit lang spürt er sie immer noch auf seinem Gesicht. Er spürt die Bedrücktheit, spürt die Enge. Fühlt sich noch nicht befreit. Neben der U-Bahn-Station ist eine kleine Kneipe, die er betritt. Er setzt sich an einen Tisch in der Ecke, bestellt sich ein Bier und schaut in seine Tasche. Er blickt auf die ungetragene Maske mit der Aufschrift „Freizeit". Er schaut auf das breit grinsende Gesicht in seiner

Tasche. Sie wirkt wie eine Narrenmaske, sehr verspielt und einladend. Wie ein rosafarbener Witzbold, dem man alles erzählen kann.

Jetzt bist du an der Reihe.

Er holt sie heraus und stülpt sie sich über den Kopf. Die Maske sitzt nicht passend. Es fühlt sich wie ein zu großes Paar Schuhe an. Nach und nach treten seine Bekannten in die Kneipe ein. Zusammen werden Witze erzählt, getrunken und gelacht. Nach und nach verformt sich die Maske und schmiegt sich an sein Gesicht. Für ihn ist sie so kaum mehr zu spüren. Sie liegt auf seinem Gesicht wie Blätter an einem Herbsttag auf der Straße. Ganz sanft, als könnte ein Windhauch sie davontragen. Er fühlt sich wohl mit der Maske, am liebsten würde er sie den ganzen Tag tragen.

Seine Bekannten sind schon längst wieder auf dem Heimweg, als er sich sein letztes Bier bestellt. Eigentlich hat er schon genug getrunken. Er fühlt eine gedämpfte Melancholie in sich, aber er kann sich nicht aufhalten, erneut ein Bier zu bestellen. Allein sitzt er in der Kneipe und spürt wie sich die Passung der Maske langsam verändert. Mit seiner Hand tastet er diese ab. Unter seinen Finger bröseln winzige Brocken der Maske ab. In seinem Inneren wächst die Melancholie immer mehr und die Maske liegt immer unförmiger auf seinem Gesicht auf. Als sein Bier an den Tisch gebracht wird, trinkt er dieses mit einem Schluck aus, zahlt seine Rechnung und begibt sich auf den Weg zu seiner Wohnung.

Nach ein paar Versuchen trifft der Schlüssel ins Schloss und entriegelt die Tür. Er hält für einen Moment inne und blickt in seine dunkle Wohnung. Mit der rechten Hand nimmt er die halb zerbröselte Maske vom Gesicht und steckt sie in seine Umhängetasche. Ein Klicken des Lichtschalters erhellt die Wohnung und offenbart dabei die Leblosigkeit in ihr. Er begibt sich zu seinem Kleiderschrank, legt seine zwei Masken schön ordentlich hinein und seine Umhängetasche davor. Aus seiner Tasche nimmt er den ungegessenen Apfel und stellt diesen zurück in den Kühlschrank. In der Wohnung ist eine bedrückende Stille zu fühlen. Er hört nur seine eigene Anwesenheit, sonst nichts. Er öffnet das Fenster in seiner Küche. Auf dem Fenstersims liegen eine Zigarettenschachtel und ein Feuerzeug. Er nimmt eine Zigarette in die Hand und riecht intensiv an ihr. Diesen Geruch hat er vermisst. Ein Geruch der Freiheit, des Am-Leben-Seins. Mit dem Feuerzeug lässt er seine Kippe erglühen und atmet tief ein. Er spürt, wie seine Lunge mit schwerem Rauch gefüllt wird. Ein wenig beginnt seine Hand zu zittern. Er schließt die Augen und fühlt den kalten Wind, der durch das Fenster auf seine Haut schlägt.

Jetzt einfach davonfliegen.

Er fühlt die Kälte auf seinem Gesicht. Schlagartig fühlt er die Kälte auf seinem ganzen Körper bis in die Zehen. Starker Wind schlägt auf seinen Körper und lässt seinen Anzug wild um seine knochige Statur zappeln. Der Lärm der Stadt fliegt an seinen Ohren vorbei, bis es zu einem nicht erkennbaren Rauschen wird. Er fühlt sich befreit, leicht, endlich lebendig. Sein verängstigtes, aber auch ein klein wenig glückliches Gesicht fällt durch die tiefschwarze Nacht.

Endlich!

Er spürt nichts mehr.

Oben auf dem Fenstersims qualmt eine halb gerauchte Zigarette. Unter auf der Straße liegt ein einsamer Mann.

Drunken Love

Jetzt, da ich langsam in ein Alter komme, in dem das In-Erinnerungen-Schwelgen zum Alltag geworden ist, kommt es mir immer öfters in den Sinn, wie alles mit uns begonnen hatte.

Auf einer Party von meinem Schulfreund habe ich dich das erste Mal wahrgenommen. Ich war recht schüchtern und traute mich nicht dich anzusprechen. Meine Freunde mussten mich lange überreden, ja förmlich zu dir schubsen, bevor ich letztendlich den ersten Schritt gewagt habe. Ihr „Alter, sei doch keine Pussy!" klingt noch heute in meinen Ohren. An diesem Abend habe ich mich sofort in dich verliebt. Dein bitterer Kuss auf meinen Lippen, ein Geschmack, den ich keinen Tag mehr missen wollte.

Zu Beginn war alles neu und aufregend. Da ich nicht wusste, was meine Eltern zu uns sagen würde, habe ich dich immer heimlich getroffen. Egal auf welche Party ich ging, immer warst du da und hast mich in deinen Bann gezogen. Du gabst mir Mut, hast mich immer auf dumme Ideen gebracht und es kam jedes Mal eine witzige Geschichte dabei heraus. Bei dir habe ich mich frei gefühlt, du hast mir gezeigt wie ich meine Jugend leben soll. Natürlich war nicht alles perfekt. In meinem Leichtsinn haben wir öfters Streit angefangen und ich habe die Schuld ausschließlich bei dir gesucht. Trotz dieser Kleinigkeiten war es die schönste Zeit meines Lebens. Ein unbewusster Teil von mir wusste von da an schon, dass du mich für immer begleiten wirst.

Die Jahre zogen an mir vorbei und es kam, wie es sollte. Aus den Partys, aus dem Außergewöhnlichem, wurde das normale Leben. Schritt für Schritt wurde unsere Liebe zum Alltag. Der bittere Kuss im Auto vor der Arbeit. Das Verlangen endlich Feierabend zu haben, um dich an meinen Fingerspitzen zu fühlen. In meinem Kopf drehte sich alles nur um dich. Es spielte keine Rolle, wo ich war, du warst ständig dabei. Meine damaligen Freunde, die mich zuvor angefeuert haben, wenn ich dir einen tiefen Zungenkuss gegeben hatte, wurden langsam skeptisch uns gegenüber. „Du bist nicht mehr du selbst, wenn du was...", ach das Gerede kann ich bis heute nicht ertragen. Ihre aufgesetzte Einfühlsamkeit überspielt nur ihre Abneigung gegenüber meiner Person. „Krieg doch mal dein Leben auf die Reihe!", „Schau doch, was aus dir geworden ist!" Ich habe mich nicht zu dem gemacht! Das Schlimmste an den Aussagen war, ich wusste tief in mir, dass sie recht hatten. Nur war ich zu stolz, ihnen das zu sagen.

Aus dem Schönen von früher wurde langsam etwas Dreckiges und Hässliches. Anstatt Sport zu treiben, bin ich abends auf dem Sofa gesessen, dabei hat meine Hand deine Taille fest umschlossen. Die täglichen Kopfschmerzen beim Aufstehen haben mich dazu getrieben, dass ich kaum noch zur Arbeit gegangen bin. Zu dieser Zeit habe ich beschlossen, mich von dir zu trennen. Für mehrere Tage habe ich unseren Kontakt abgebrochen. Doch je später es wurde, umso größer war die Einsamkeit in mir. Meine Gedanken kreisten nur noch um dich und das schmerzhafte Verlangen nach dir musste gestillt werden. Mit zittriger Hand öffnete ich die kalte weiße Tür, bevor meine Hand deinen Körper umschloss und ich gierig deine bitteren Küsse verschlang.

Heute habe ich akzeptiert, dass du zu meinem Leben gehörst. Ich könnte dich niemals verlassen, selbst wenn ich es wollte. Aber ist das wirklich so schlimm?

Torte oder Brei?

Der Anblick seiner bezaubernden Gärten im Innenhof des Schlosses, bepflanzt mit 100 verschiedenen Blumenarten, die alles Umliegende in einen süßen Duft umschlossen, erhellte sein Gemüt um kein Stück.

Das tägliche Drei-Gänge-Menü, welches von den besten Köchen im Lande zubereitet wurde und jeden Gaumen in Ekstase versetzte, wurde von ihm lieblos in den Rachen gestopft.

Seine Gemahlin, deren Anblick jedem Mann das Herz raubte, versetzte ihn nicht einmal in Wallung.

Nicht mal das Heranwachsen seines eigenen Fleisch und Bluts löste nur das kleinste Glücksgefühl in ihm aus.

Eines Abends, getrieben von einer Melancholie und angewidert von dem Protz, schlich sich der König aus seinem Schloss. Zu ersten Mal betrachtete er die von innen zierlich wirkende Mauer in ihrer Bedrohlichkeit von außen. Mit einer Kapuze über dem Kopf huschte er durch die Straßen, bevor er an einem Fenster innehielt. Im einsamen Licht einer Kerze sah er, wie ein Vater mit seiner Frau und seinem Sohn zu Abend aß.

Das Essen bestand aus einem unappetitlich wirkenden Brei und musste mit einem krummen Holzlöffel verspeist werden.

Seine Frau, deren Anblick einem das letzte Essen erneut in den Hals drückte, und sein einfältig wirkender Sohn trugen beide lediglich einen Kartoffelsack als Kleidung.

Aber das, was den König am meisten verwunderte, war nicht der Dreck oder die Nutztiere, die in dem Raum hausten, der Wohn-, Ess-, Schlafzimmer und Küche vereinte. Sondern, dass alle drei Familienmitglieder ein ernst gemeintes, breites Grinsen auf den Lippen trugen.

Völlig in Gedanken verloren trabte der König zurück in sein mächtiges Schloss. Dabei merkte er nicht, wie seine Lippen, die Lippen der Familie kopiert hatten und ebenfalls ein ernst gemeintes, breites Grinsen trugen. In dieser Nacht konnte er kein Auge zumachen, er lag hellwach in seinem riesigen einsamen Bett. Die atemberaubende Königin wohnte und schlief nämlich auf der anderen Seite des Schlosses und bekam den König nie zu Gesicht.

Am nächsten Tag hatte der König ausgesprochen gute Laune. In seiner frohen Müdigkeit rief er seine Hofschreiber zu sich. Er sollte eine Bekanntmachung für die Untertanen aufsetzen, in der die neue Herrschaft des Königs angepriesen werden sollte. Jeder sollte ein Leben wie er führen. Mit einem prunkvollen Haus, mehrgängigem Essen und bezaubernden Klamotten.

Doch als der König das Geschriebene noch einmal durchlas, verschwand das Lächeln in seinem Gesicht. Er zweifelte daran, ob dieses Vorgehen wirklich richtig sei.

Ich bin der mächtigste Mann der Welt. Meine Gemahlin ist die Schönste im ganzen Land. Mein Schloss strotzt nur so von Pracht und Reichtum. Doch das alles führt nur zu Trauer und Leid. Wenn ich an die glückliche Familie von gestern Nacht denke, möchte ich ihr eine solche Bürde nicht zumuten.

Kurzerhand zerriss es das vollgeschriebene Pergament. Die Reformation, die soziale Revolution, zerfiel zwischen seinen Fingern in kleine Fetzen. Niemand, auch wirklich niemand in seinem ganzen Reich, sollte das Leid erfahren, was ihn Tag täglich quälte.

Schublade für Schublade

Das Heranrauschen der U-Bahn schreckt ihn aus seinem angedeuteten Schlaf im Stehen wach. Er blinzelt ein paarmal und versucht sich mit der Hand den Schlaf aus dem Gesicht zu reiben. Mit einem Piepsen öffnet sich die Tür vor ihm. Die herausquellende Menschenmasse zieht wie eine Schafherde an ihm vorbei weiter durch den unterirdischen Bahnhof und wird, von Werbeplakaten umzingelt, in Richtung der nächsten Umsteigemöglichkeit getrieben. Mit einer schnellen Bewegung drückt er sich ein bisschen grob an den menschenartig wirkenden Schafen vorbei. Durch dieses geschickte Manöver ergattert er sich den letzten Platz in einem Viersitzer. Ihm gegenüber sitzt ein junges Mädchen mit einem roten dicken Schal, einem dunkelgrünen Mantel, der ihr fast bis zu den Knien reicht, und einer schwarzen eng anliegenden Jeans. Mit ihren roten Fingernägeln dreht sie ihr lockiges Haar, während ihre großen Augen ununterbrochen auf ihr Handy starren.

Wieder so eine… Mit Studiengang „Ich brauch sowieso keinen Job, denn mein Daddy zahlt mir alles" im Gepäck. Schön zehn Semester Kunst studieren und dann zwei Jahre Pause in Südamerika machen, um „sich zu finden". Bei solchen Menschen kotze ich ab. Alles bekommt man bezahlt und mit Handküsschen hingestellt, aber nichts ist einem gut genug.

Sein Gesicht verformt sich zu einer Grimasse und er schaut angewidert aus dem Fenster in die Dunkelheit des

U-Bahn-Tunnels. Das junge Mädchen, welches die Augen immer noch nicht von dem Handybildschirm gelöst hat, hat seinen verärgerten Blick, ja sogar noch nicht mal seine Anwesenheit, wahrgenommen und vergnügt sich weiterhin mit putzigen Katzenbaby-Bildern von ihrer Schwester.

Als die Bahn seine Haltestation erreicht, steht er auf, drückt sich an der jungen Frau vorbei, dabei nuschelt er seine Abneigung ihr gegenüber vor sich hin, und steigt aus. Auf dem Weg zur Arbeit schaut er kurz bei seinem Lieblingsbäcker vorbei. Der Bäcker ist ein sehr kleiner Laden, der zwischen zwei großen Bankfilialen eingeklemmt ist. Vor ihm in der Reihe steht ein großer sportlicher Mann in einem schönen teuren, ja sehr teuren Anzug. Sein Armgelenk wird von einer durch ihre Schlichtheit protzenden Rolex umschlossen. Seine Füße liegen in unbequem aussehenden, braunen Lackschuhen, die selbstverständlich zu seinem braunen Gürtel passen.

Wow! Dir sieht man überhaupt nicht an, was du arbeitest. Der Herr Bänker, der unser hart erarbeitetes Geld auf die Börse schickt, die ganzen Gewinne einsteckt und uns mit Peanuts beglückt. Zusätzlich sitzt er in seinem riesengroßen Büro und surft im Web, während seine Sekretärin seine Arbeit erledigt, ohne je ein „Bitte" oder gar „Danke" zu hören.

In seinen Gedanken verloren, bemerkt er nicht, wie der nette Verkäufer ihm mit einem breiten Grinsen einen schönen Morgen gewünscht und über das Wetter gelästert hat. Wortlos zeigt er auf seine Lieblingsbrötchen, wortlos bezahlt er seine Lieblingsbrötchen, wortlos nimmt er seine Lieblingsbrötchen entgegen und wortlos verlässt er mit

seinen Lieblingsbrötchen den Bäcker, während sein ange-
widerter Blick konstant den schönen Mann im Anzug beobachtet, der seinen Kaffee mit ordentlich Zucker süßt.

Auf der Arbeit geht er seinen gewohnten Aufgaben
nach. Diese bestehen aus Kaffee holen, mit Kollegen plau-
dern, seine Lieblingsbrötchen verputzen, Kaffee holen, den
Vögeln beim Balzen zuschauen, ein bisschen auf die Tastatur hauen und natürlich Kaffee holen. Als sein harter Ar-
beitstag endlich vorbei ist, fährt er zufrieden seinen Rechner
herunter. Beim Rausgehen stolpert er über einen mittig auf
dem Gang stehenden Putzeimer. Sein rechter Schuh hat ein
paar kleine Tropfen abbekommen, während das meiste
Putzwasser flächendeckend den Boden attackiert hat.

Was für hirnamputierte Leute arbeiten hier?! Hat man
der zugezogenen Putzhilfe aus sonst woher nicht beige-
bracht was Wege sind? Die soll erst mal unsere Kultur verstehen, bevor sie uns hart arbeitenden Deutschen den Ar-
beitsplatz stiehlt!

Mit einer uneleganten Bewegung versucht er, seinen
Schuh ein wenig zu trocknen, bevor er an der riesigen
Pfütze vorbeitrottet und sich auf den Heimweg begibt.

Als er sich auf den Weg zur U-Bahn macht, fällt sein Gehirn in den Stand-by-Modus. Sämtliche Prozesse wie gehen,
in die U-Bahn steigen, gedankenlos aus dem Fenster
schauen oder Müll neben die Mülltonne zu werfen, laufen
automatisch ab. Sämtliche aktive Gedanken werden aller-
dings heruntergefahren.

Sein Gehirn wird schlagartig wieder hochgefahren, als
seine Augen Signale von einem hellblauen Wahlplakat sen-
den. Er hält für einen Moment inne und betrachtet es,

während ihm ein Schmunzeln über das Gesicht läuft. Das freundlich wirkende Hellblau überdeckt das bedrohliche Braun des Hintergrunds, auf dem das Plakat hängt.

Endlich eine vernünftige Partei. Eine Partei, die denen da oben einmal zeigt, wo es langgeht. Eine Partei, in der kein Mitglied von der Industrie gekauft werden kann, sondern nur zum Wohle des Volkes handelt. Nicht wie die anderen Parteien, die vor den Wahlen einem das Blaue vom Himmel versprechen, aber dann während ihrer Amtszeit genau denselben Weg einschlagen, wie die Regierung, die sie abgesetzt haben. Bei dieser Partei habe ich seit Langem das Gefühl, dass meine Stimme etwas bewirken kann.

Gedankenverloren läuft er weiter, bis er schlussendlich hinter seiner Haustür verschwindet. Aber Sie und ich wissen doch genau, was alle Wähler einer bestimmten Partei hinter verschlossenen Türen machen. Es ist doch jedem bekannt, dass die Wähler zuerst einen schwarzen Pyjama anziehen, der an dem rechten Arm „ganz zufällig" eine rote Binde hat. Anschließend heben sie den gestreckten Arm vor einem Poster des Führers. Bevor sie sich mit ihrem Laptop unter die Decke kuscheln und Gerüchte von kinderfressenden Geflüchteten auf Facebook verbreiten.

Ich hasse mein Leben

„Ich hasse mein Leben." Ein Witz den ich in der Ausbildung zum ersten Mal gehört habe. Damals kotzte mein Kollege diesen Satz mit einem Schmunzeln heraus, als er mal wieder für eine Nachtschicht eingetragen wurde. Ein cooler Spruch, dachte ich mir da noch. Immer wenn etwas Schlechtes passiert, passt er.

Mein belegtes Brot fällt mir aus der Hand. „Ich hasse mein Leben."

Kein Bier mehr im Keller. „Ich hasse mein Leben."

Ich muss heute länger arbeiten. „Ich hasse mein Leben."

Ein Spruch, der sich nach und nach im Alltag breitmachte. Zu fast jeder Situation passte er, doch mit der Zeit verlor der Spruch seinen Witz. Seine Bedeutung wandelte sich Schritt für Schritt. Zu dieser Zeit begannen sich meine Hobbys wie Arbeit anzufühlen und nicht mehr nach Freizeit. Ich verlor die Lust an allem. Es war Tag für Tag das Gleiche. Die gleiche Arbeit. Die gleichen Leute. Das gleiche Gerede. Früher war ich überzeugt, dass ich meinen aktuellen Job nur für kurze Zeit mache und dann befördert werde oder woanders arbeite. Doch irgendwie habe ich nie den Absprung geschafft, bin immer dageblieben. „So schlimm ist es doch nicht", habe ich mir gedacht. Ich führte ein Leben, das mir keine Freude bereitete und trotzdem habe ich nie etwas geändert. Ich habe mir immer viele Pläne geschmiedet, aber umgesetzt habe ich keinen. Es war ein Leben voller Ambition, aber alle Aktionen wurden auf morgen verschoben. Das klassische Morgen, indem alles besser wird, ohne dass etwas geändert werden muss. Im Vergleich dazu ist das Gestern, in dem man so viel hätte machen können, sich aber mit Nichtigkeiten beschäftigt hat.

Ja, ich habe ein Leben geführt, dass ich gehasst habe. Ja, es ist kein Witz mehr. „Ich hasse mein Leben!" Aber jetzt wird alles anders! Ich werde ein Leben führen, das mir Spaß macht, in dem meine Freude das Wichtigste ist und nicht die Arbeit. Ich werden einen vollständigen Neuanfang starten. Aber erst morgen fang ich damit an.

Der Frosch

Der Himmel reißt auf, über einem Teich mitten im Wald. Am Ufer des Teiches sonnen sich ein Dutzend männlicher Frösche und warten nur darauf, sich mit einem Weibchen zu paaren. Die einen gehen behutsam vor und warten, bis ein Weibchen Interesse zeigt. Die anderen gehen jedem Weibchen sofort hinterher, welches vorbeiläuft. Diese Männchen wissen, dass sie nicht mit einer schönen Haut oder einer großen Statur geboren wurden und müssen daher jede Möglichkeit beim Schopf packen, die sich ihnen bietet.

Unter den ganzen Fröschen sticht ein Frosch heraus. Ein Frosch, dem seine Haut wunderschön in der Sonne glitzert. Ein Frosch, der doppelt so groß wie die anderen Männchen ist. Dieser Frosch ist der Prinz des Teiches. Jedes Weibchen präsentiert sich neben ihm, um sein Interesse zu wecken. Doch auch die, die ihn aktiv anbalzen, bekommen alle eine Absage.

„Ein Frosch wie ich, mit dieser gottesgleichen Haut und der Statur eines Bären, ist kein gewöhnlicher Frosch. Ein solcher Frosch ist ein Prinz und ist nur einer Prinzessin würdig."

Und so wenden sich die Weibchen allmählich von ihm ab und wählen einen nicht so makellosen Frosch für die Paarung aus, während der Prinzenfrosch am Ufer geduldig auf eine Prinzessin wartet. Die Tage vergehen und mit der Zeit hatte jeder männliche Frosch eine Partnerin gefunden. Jeder Frosch, bis auf den Prinzen, der zwar der schönste aller Frösche ist, aber in der ganzen Zeit von keiner Prinzessin geküsst wurde und somit nur ein einsamer Frosch geblieben ist.

Mit Scheuklappen kann ich nicht sehen!

„Ach, ziehst du den Dreck auch an?", fragt mich Wilhelm, der etwas in die Jahre gekommene, aber noch sehr fitte und kräftige Esel. Mit dem „Dreck" meint er die Scheuklappen, die seitlich an meinem Kopf hängen.

„Der Bauer hat es mir empfohlen", stammele ich vor mich hin.

„Ach, der Bauer hat doch keine Ahnung! Wie soll denn bitte ein Mensch wissen, was für uns Esel das Richtige ist?" Auf die Schnelle fällt mir keine Antwort darauf ein und so sind die einzigen Geräusche das Traben unserer Hufe und das Aufbrechen der Erde durch den Pflug.

„Aber der Bauer hat schon viele Tiere gehabt. Der muss doch schon eine gewisse Ahnung davon…"

„Siehst du die da drüben?" Wilhelm unterbricht mich und zeigt mit seinem scheuklappenfreien, störrischen Kopf in Richtung einer Herde Schafe. „Weißt du, was die sagen würden, wenn die Scheuklappen tragen sollten? Die würden fragen, ob sie denn beide Augen vollständig bedecken müssen." Ein lautes Wiehern kommt aus seinem Maul und schrillt mir ins Ohr. „Aber jetzt mal im Ernst, Schafe können nicht selbstständig denken. Sie kopieren nur die Schafe neben sich und rennen vor einem Hund weg. Eigenständige Entscheidungen können sie nicht fällen. Wir Esel hingegen sind schlauer. Wir können abwägen, was sinnvoll ist und laufen nicht stur der Herde hinterher."

Ich fange an zu Grübeln. Irgendwie habe ich den Sinn von den Klappen noch nie richtig verstanden. Natürlich hört man, dass im Frühjahr sich ein, zwei Pferde auf den umliegenden Bauerhöfen erschreckt haben und ein paar ältere Kühe umgerannt haben. Dem Alter und der schlechten medizinischen Versorgung geschuldet, haben die Kühe den Zusammenstoß nicht überstanden, aber das kann auf unserem Hof nicht passieren. Die Frau vom Bauern ist Tierärztin. Falls ein gesundes Tier von einem Pferd angerempelt wird, kriegt sie das wieder hin. Die Zirkuspferde dürfen den Stall nicht mehr verlassen und warten darauf, dass ein großzügiges Pferd ein bisschen Heu übrighat und es ihnen vorbeibringt. Außerdem ändern sich die Regeln, wo Scheuklappen getragen werden müssen, fast wöchentlich. Wie soll man da noch verstehen, was erlaubt ist und was nicht. Ich verstehe auch nicht ganz, warum sich der Bauer im Sommer nicht mehr um die Klappen geschert hat. Da durfte jeder wieder machen, was er wollte. Und der Umgang mit den Fohlen war das reinste Durcheinander.

Wilhelm hat recht, der Bauer bestimmt willkürlich, wie es ihm gerade passt. Mit einem kräftigen Schütteln zieh ich mir die Scheuklappen vom Kopf und mit meiner rechten Hufe stampfe ich kräftig darauf. Wilhelm, der die ganze Aktion beobachtet hat, läuft ein breites Grinsen über die Schnauze.

„Schön, dass du auch zur Besinnung gekommen bist, Kleiner."

Gemeinsam ziehen wir den Pflug über den ganzen Acker, bis wir ihn komplett umgegraben haben. Anschließend werden wir aus dem Pflug gespannt und begeben uns zur Futterausgabe. Dort ist schon ein richtiges Gedränge am Napf. Jeder will zum Futtern und drückt sich ohne Rücksicht nach vorne. Der Bauer meint zwar immer, dass nicht so viele auf einmal essen sollen, aber mittags hat nun mal jeder Hunger und denkt ausschließlich an seinen Magen. Durch das Gedränge verlier ich Wilhelm aus den Augen, der hat sich durch seine Kraft irgendwo nach vorne gedrückt.

Plötzlich saust ein mächtiges Pferd an mir vorbei. Der sonst ruhige Hengst ist durch eine Kleinigkeit aufgeschreckt und wollte flüchten. Eine solche Masse, die in Angst versetzt worden ist, rennt alles nieder, was ihr in die Quere kommt. Mit einem heftigen Knall wird ein älterer Esel, der sich gerade am Napf bedienen wollte, von dem Pferd erfasst. So einen starken Zusammenprall habe ich in meinem ganzen Leben noch nicht gesehen.

Als ich mich dem im Dreck liegenden Esel nähere, erkenn ich langsam, dass es sich um Wilhelm handelt.

Meine Mama, der Echsenmensch

„Essen ist fertig!" Mama schreit uns alle liebevoll zu Tisch. Zusammen hetze ich mit meinen Brüdern, François und Ben ins Esszimmer. François setzt sich wie immer links neben mich. Auf der anderen Tischseite setzt sich Ben hin und nimmt das Besteck in beide Hände. Er ist startbereit, den ersten Bissen zu verschlingen.

Früher hatte ich viel Streit mit meinen Brüdern. Wir waren uns häufig uneinig und nicht selten kam es zur Klopperei. Dabei haben die zwei sich meisten gegen mich verbündet. Die ein oder andere Narbe kann man heute noch sehen. Aber das ist alles schon lange her. Mittlerweile verstehen wir drei uns sehr gut. François mag ich ein bisschen lieber. In letzter Zeit spielen wir öfters zu zweit. Aber auch bei ernsten Problemen helfen wir einander. Wir sind einfach ein super Team. Ben hingegen ist ein wenig eigen. Er spielt meisten allein und wenn er mit uns spielt, dann erfindet er für sich spezielle Regeln. Mama hat mir mal erzählt, sie hat manchmal das Gefühl, Ben lebt auf einer Insel. Er ist von uns dreien der älteste. Früher war er immer viel größer und stärker als ich. Wenn wir gerangelt haben, kam es mir so vor, als würde ich gegen einen Löwen kämpfen. Jetzt bin ich aber genauso stark, wenn nicht sogar stärker als Ben.

Mama stellt uns jeweils einen Teller mit Brokkoli-Auflauf vor die Nase. Ich hasse Brokkoli. François hasst Brokkoli und Ben hasst Brokkoli. Wir alle hassen Brokkoli.

„Guten Appetit", sagt Mama grinsend. Mama liebt Brokkoli. Brokkoli ist ihr Lieblingsgericht. Mama meint, dass man nie genug Brokkoli essen kann und dass es gut für die Gesundheit ist. Mama denkt nur an sich.

„ICH HASSE BROKKOLI!", schreit François neben mir aus voller Kehle. Es ist nicht nur ein Schrei, sondern vielmehr ein Bündel aus einem Schrei, einem Kreischen und einem Heulen. Er schreit/kreischt/heult so laut, dass es sich anfühlt, als würde jemand mit einer Trillerpfeife direkt in mein Ohr pfeifen. Behutsam versucht Mama ihn zu beruhigen: „Na, na, mein Kleiner. Das ist gut für dich. Schau mal, ich esse es doch auch." Sie nimmt ihre mit widerlichem Brokkoli-Auflauf bestückte Gabel und steckt sie in ihren Mund. Der Versuch geht nach hinten los.

„WARUM KANNST DU NICHT WAS KOCHEN, DAS UNS ALLEN SCHMECKT?", schreit/kreischt/heult François weiter, während er sich auf seinen Stuhl stellt. Seine Lautstärke hat er nun auf zwei Trillerpfeifen erhöht.

Im gleichen Moment legt Ben sein Besteck fein und ordentlich neben den unberührten Teller. Nimmt die Serviette aus seinem Kragen. Legt sie gefaltet auf den Tisch und steht dann kurzerhand auf. Mama, die immer noch versucht François zu beruhigen, der schon auf dem Tisch steht, den Teller mit dem ekelhaftem Brokkoli-Auflauf fest in beiden Hände hält und gerade dabei ist, diesen mit voller Wucht auf den Boden zu schmettern, entgeht nicht, wie Ben, ohne einen Bissen zu essen, vom Tisch aufsteht und sich daranmacht, seine schönen Sonntagsschuhe anzuziehen.

„Junger Mann, was denkst du denn, wo du hingehst?", motzt Mama Ben an.

„Ich such mir ein neues Zuhause. Eins, in dem es nur leckeres Essen gibt. Eins, in dem es nie Brokkoli gibt! Eins, in dem man sich wohlfühlt!"

„Ich glaube, dir ist nicht bewusst, was auf dich zukommt. Wenn du von zu Hause wegläufst, wird Brokkoli dein kleinstes Problem sein." Ihr Blick richtet sich auf Bens Schuhe. „Und bei dem Wetter zieht man nicht die Sonntagsschuhe an, sondern Gummistiefel!" Sie hat recht. Den ganzen Morgen hat es schon geregnet. Das ist kein Wetter für Sonntagsschuhe.

„Wenigstens weiß ich, was mich da draußen nicht mehr erwartet. Da draußen muss ich nämlich nie wieder den Tisch decken und danach keinen ungenießbaren Brokkoli-Auflauf essen." Ben hat anscheinend vergessen, dass er gespielt hat, als ich mit François zusammen den Tisch gedeckt habe. Er wird lauter: „Ich freu mich schon auf Schokoladeneis zum Frühstück und auf keine Zubettgehen-Zeit!" Ben versucht seine Schnürsenkel zu binden. Er ist der Älteste, aber allein Schuhe binden kann noch keiner von uns. „Mama hilfst du mir bitte?", fragt Ben wehmütig.

„Wer ausreißen will, muss sich auch allein die Schuhe binden können", antwortet Mama achselzuckend.

Während sich Ben und Mama streiten, schaue ich angewidert auf meinen Teller. Warum gibt es denn ausgerechnet Brokkoli? Mama meinte doch, es gibt vielleicht diese Woche Weißwürste. Das ist mal ein super Essen. Weißwürste mit Brezel. Da würde niemand streiten, nur essen. Durch ein lautes Rumpeln werde ich aus meinen Gedanken gerissen.

François liegt neben seinem Stuhl und seinem zerbrochenen, mit Brechreiz erzeugendem Brokkoli-Auflauf verschmutzten Teller auf dem Boden. Perplex hält er mit dem Geschrei kurz inne, um dann wieder lautstark seinen Unmut zu zeigen. Durch den Sturz hat ihm der ungenießbare Brokkoli-Auflauf seine gelbe Weste verschmutzt. Aber schreien allein bringt nicht viel. Das merkt auch François. Schnurstracks läuft er in die Küche, um dem Brokkoli-Terror ein Ende zu setzen. Er holt den rohen Brokkoli aus dem Kühlschrank und trennt mit einer Schere den Kopf von dem Strunk.

„VIVE LA RÉVOLUTION!", schreit er dazu lachend.

Mama, der langsam die Lust an der Diskussion mit Ben vergangen ist, öffnet die Haustüre und sagt: „Ben, mir ist es jetzt langsam egal, was du machst. Die Tür ist offen, du kannst gehen oder du setzt dich zu uns an den Esstisch und genießt den familiären Zusammenhalt."

Ben ist überfordert. Er steht wie angewurzelt vor der offenen Haustür. Vor ihm liegt ein Schritt, mit offenen Schnürsenkeln ins Ungewisse oder die Wärme einer Familie, mit ungenießbarem Brokkoli-Auflauf.

Währenddessen platzt Mama der Kragen erneut. Sie marschiert in die Küche, reißt François die Schere aus der Hand und zieht ihn ins Esszimmer. Mit Schmackes setzt sie ihn auf den Stuhl, holt ihm einen neuen Teller und packt eine frische Portion abscheulichen Brokkoli-Auflauf darauf. François verschränkt die Arme und schmollt. Ich sehe seinem Gesicht an, dass er jeden Moment wieder einen emotionalen Zusammenbruch bekommt.

„Na? Schon entschieden?", fragt Mama in Richtung Haustür.

Ben antwortet nicht. Er versucht sich immer noch zu entscheiden, wie es für ihn weitergeht.

Mit einem Lächeln dreht sich Mama zu mir und meint: „Herman, du hast dein Essen noch überhaupt nicht angefasst."

„Schmeckt mir nicht", nuschle ich vor mich hin.

„Aber Herman, wir wissen doch beide, dass du deinen leckeren Brokkoli-Auflauf essen wirst", zwinkert mir Mama zu, bevor ich den ersten Bissen des Brokkoli-Auflaufs nehme.

Bemerkung: Die Geschichte wurde vor dem 01.02.2020 geschrieben.

Dank

Am meisten möchte ich meiner Freundin Anna danken, die immer ein offenes Ohr für meine Ideen hatte und half, diese umzusetzen.

Mein Dank gebührt auch meiner Familie, die mich unterstützte und mir Feedback zu den Geschichten gab. Zudem bedanke ich mich bei meinen Freunden, denen ich das Skript zur Überarbeitung gab. Auch wenn die Rückmeldung verhalten war.

Vielmals möchte ich mich auch bei meiner Krankenkasse bedanken, ohne die ich niemals die Freude des Schreibens entdeckt hätte.